LA PAIX.
POËME.

Par M. l'Abbé DESJARDINS, D. de S.

Bellum devictum jacet, æternúmque jacebit,
Si sapiant Reges, ut LODOICE, sapis.

Rois, suivez de LOUIS l'exemple & le conseil,
Bellonne dormira d'un éternel sommeil.

LES vents sont appaisés, & le Dieu des combats
N'agite plus le cœur des plus grands Potentats.
  DANS mon vol médité, prêtez-moi votre plume,
Vous, Muse, dont le feu dans mon cœur se rallume :
M'éloignant du Dieu Mars, je vole vers la Paix ;
Mon zele & mon amour veulent peindre ses traits.
  ILS renaissent les jours de Tyr & de Solime,
Où régnoient, dans le sein d'une union intime,
Deux célebres amis, Hyram & Salomon,
L'un revit dans BRUNSWIK, & l'autre dans BOURBON.

A

Ouvert au monde entier un Temple magnifique
Illuſtra pour jamais leur regne pacifique ;
Voyez le cedre & l'or, les ornemens divers,
Qu'ordonna le Très-Haut, qu'admira l'univers.
Que de biens ! Quelle gloire, ô Tamiſe, & toi Seine,
Si la Paix vous lioit d'une éternelle chaîne !
Sur de riches vaiſſeaux vous portant leurs tréſors,
Le Midi, l'Orient, inonderoient vos Ports ;
Le Nord même viendroit vous rendre ſon hommage,
Et vous, fleuves errans, quittant votre rivage,
A l'une & l'autre Mer, à travers leurs détroits,
Vous iriez annoncer la grandeur de vos Rois :
Et déja dans leurs cours, vos ondes vagabondes
Font de leurs cœurs unis retentir les deux Mondes.
Que ne peuvent vos eaux remonter juſqu'aux Cieux.
Elles en porteroient la nouvelle à nos Dieux ;
Mais ne ſçavent-ils pas qu'une amitié fidelle
Entre Paris & Londre enfin ſe renouvelle.
Qu'il eſt beau d'adoucir les aigreurs de ſon fiel ;
Quand le cœur en eſt vuide, on monte juſqu'au Ciel.
De ſon trône ſublime une auguſte Princeſſe
Admire de Louis la profonde ſageſſe ;
Jalouſe des douceurs qu'on goûte dans la Paix,
Thérese s'en approche, & cede à ſes attraits.
C'eſt ainſi qu'elle ajoute à ſon ame héroïque
Le titre glorieux de Reine pacifique.
Je le vois s'avancer, ſur un char parſemé
D'or, d'aigles & de fleurs, tout le Nord déſarmé.
Que l'exemple eſt puiſſant, il allume dans l'ame
Le deſir de la Paix dont le Sage s'enflamme.

La Guerre s'affoiblit dans ſes fougueux tranſports,
Et tombe en défaillance au milieu de ſes morts :
Qu'il expire ce monſtre, & que la terre opprime
De ſon poids éternel l'expirante victime.
Mais, quel vœu, dira-t-on, eſt-il rien de plus doux
Que de voir l'ennemi tomber à ſes genoux ?
O qu'il eſt glorieux de couronner ſa tête
Des branches de laurier que donne une conquête ;
Que deviendroit le nom de fameux conquérants,
Si Bellonne n'armoit d'illuſtres concurrents ?
Comment faire ſentir ſa ſuprême puiſſance ?
Comment faire éclater une juſte vengeance ?
Faut-il anéantir ce que le genre humain
Dès l'aurore du monde a nourri dans ſon ſein ?
Nourrice de l'eſprit la lumineuſe Hiſtoire,
Seroit ſeche, ennuyeuſe, & perdroit de ſa gloire ;
La valeur qu'elle peint lui donne un coloris,
Et ſes traits belliqueux en rehauſſent le prix.
De CONDÉ me fait-elle une vive peinture ?
Je ne me laſſe pas d'en faire la lecture :
D'un ſuperbe Héros, illuſtre rejetton,
On y lit ſes hauts faits, on y lira ton nom,
On ſçait que du néant, le Dieu Mars tira Rome,
Qu'il donne quelquefois ſon nom, ſa gloire à l'homme :
C'eſt de lui que nous vient un peuple de ſoldats,
La tige des Héros, le ſoutien des États :
Quels ſentimens d'honneur n'inſpire point Bellonne,
Sa bouche les preſcrit, & ſa main les couronne ;
A-t-elle par ſes feux enflammé la valeur,
Sur un char de triomphe elle éleve un vainqueur.

A ij

Si vous les éteignez ; la terre languiſſante
Se remplit des ennuis que l'indolence enfante.
D'Alcide la maſſue & les travaux fameux,
Purgerent l'univers de cent monſtres affreux ;
Dans un lâche ſommeil, la trompette m'éveille ;
Elle anime mon cœur en frappant mon oreille ;
Je vole au champ de Mars, & ne ſens plus dans moi
Que courage, que feu, que zele pour mon Roi.
Le citoyen ſe doit au Prince, à la Patrie,
Il faut donc que pour eux il prodigue ſa vie.
Quoi ! l'ennemi viendroit les braver fiérement,
Et mon indigne bras feroit ſans mouvement ?
La Guerre eſt un art noble, un art ſouvent utile ;
N'eſt-il pas dangereux d'être toujours tranquille ?
Combien ne voit-on pas éclore de forfaits,
Lorſqu'on eſt trop long-temps amolli par la Paix ?
Les mortels au Très-Haut déclarent-ils la guerre ?
Le Ciel, pour le venger, prête aux Rois ſon tonnerre :
Les ombres font ſortir les beautés d'un tableau,
Un objet m'éblouit, lorſque tout en eſt beau.
Triſtement dépouillé, l'hiver, ſaiſon obſcure,
Releve du printemps la brillante parure ;
Connoît-on de la Paix, tout le prix, tout l'éclat,
Lorſque l'on n'a point vû les horreurs du combat ?
  En vain, vous étalez l'avantage des armes,
Dans la Paix, ſe tarit la ſource de nos larmes ;
La Paix calme l'eſprit, Mars irrite le cœur,
Que d'eſclaves aux fers pour un heureux vainqueur !
Ici, ce ſont des flots, éclairs, vent, foudre, orage,
Nuit ſombre, abyme ouvert, épouvante, naufrage :

Là, c'eſt un océan, dont les paiſibles eaux,
Dans un calme profond, ſe prêtent aux vaiſſeaux.
Voulez-vous de la Guerre un tableau plus fidele ?
Tracez-vous l'incendie, un torrent, & la grêle :
Monuments abattus, les Citoyens épars,
Mille champs ravagés ſont l'ouvrage de Mars ;
Guerre horrible, il n'eſt point de maux que tu n'attires ;
Et n'entraînes-tu pas la chûte des Empires ?
Medes, Aſſyriens, qu'êtes-vous devenus ?
La Guerre vous détruit, vos trônes ne ſont plus.
Tout renaît dans la Paix ; de ſon ſouffle fertile
Elle pare les champs, elle peuple la ville.
Pour conſerver leur ſceptre à tous les Souverains,
Elle a l'éternité des trônes dans ſes mains ;
Dans le Ciel elle occupe une éternelle place :
Voit-on dans ce ſéjour rien qui change de face ?
Le Maître eſt toujours Maître, & ſoumis à ſes Loix,
Pour exalter ſon nom les Cieux n'ont qu'une voix.
Dans un fleuve de ſang, une vengeance éteinte
Eſt le germe fatal d'une mortelle crainte ;
Et ne craignez-vous pas que ſorti de ce ſang,
Un bras, un fer vengeur ne vous perce le flanc ?
Un cercle criminel de vengeance & de haine,
De bleſſés & de morts, forme comm'une chaîne.
Toujours renouvellés, mille combats divers,
De nos ſéjours brillans feront d'affreux déſerts.
En vain, dans ſes projets, une ame ambitieuſe,
A force d'acquérir eſpere d'être heureuſe,
D'un deſir ſatisfait naît un autre deſir ;
A-t-on une couronne, on la veut enrichir :

Qu'un Monarque accumule Empire fur Empire,
Pour un plus grand encor le Monarque foupire :
A-t-il de fes combats tout l'univers pour prix ?
Son cœur eft à l'étroit dans l'univers conquis.
Quelle foule de foins & quel travail immenfe,
Pour foutenir le poids d'une énorme puiffance ?
Que d'ennemis naiffants, que de Princes jaloux,
De leurs bras réunis vous porteront les coups ;
La vive ambition en fait par-tout éclore ;
Conquérants, êtes-vous les feuls qu'elle dévore ?
Parmi les Immortels, croit-on d'être placé ?
Le Temps, l'aveugle Temps de la Fable eft paffé,
Le tonnerre périt au moment qu'il éclate,
Ainfi périt l'éclat dont le vainqueur fe flatte.

O Vous, dont la fplendeur imite le flambeau ;
Votre gloire ira-t-elle avec vous au tombeau ?
Faire régner la Paix dans le fein de l'Empire ;
Gloire pure, c'eft toi que mon Prince refpire :
Et ne l'a-t-on pas vû, couronné du laurier,
Changer plus d'une fois la palme en olivier !
Il me faut des combats : qu'une innocente guerre,
Du fang des animaux enfanglante la terre ;
Vous faut-il des mortels que vous devez chérir,
Pour les frapper du glaive & les faire périr ?
Les combats, Dieu les veut ; c'eft dans fes mains armées
Que, comme les torrens, groffiffent les armées ;
Arrachons-lui la foudre, en quittant nos forfaits,
Et le Dieu des combats fera le Dieu de Paix.
Modele des Vainqueurs, fortez de cette tombe,
Où les Rois, les Héros, où tout l'univers tombe.

Vivant, il commandoît ; mais mort il obéit,
Il paroît, je me tais, écoutons ce qu'il dit.
    » QUITTONS la Macédoine, a-t-elle une étendue,
» Où je puisse fixer mes desirs & ma vue ?
» J'irai, je combattrai, j'enchaînerai les Rois,
» L'univers va se taire, & plier sous mes loix.
» C'est en vain que le Gange oppose une eau profonde,
» J'arrive triomphant aux limites du monde.
» Semblable au Roi des rois, je regne dans ces lieux,
» Avec le même éclat qu'il regne dans les Cieux.
» S'il est des Dieux au Ciel, il en est sur la terre,
» Leur bras lance la foudre, & le mien le tonnerre. «
    SON immense pouvoir semble remplir ses vœux,
Dans le monde, à ses pieds, il attend d'être heureux ;
Mais, quand de la fortune il croit être le maître,
La mort vole, s'approche, & la fait disparoître ;
Ici s'évanouit, & le Prince & l'orgueil ;
Quel fruit de ses combats ? Un précoce cercueil.
Plut au Ciel ! que son sort pût enfin nous apprendre
Que César s'égaroit en suivant Alexandre ;
Si, plus républicain, il étoit moins soldat,
Son sang couleroit-il sous les yeux du Sénat ?
Auguste en fut témoin, & consultant sa gloire,
D'un regne pacifique il enrichit l'Histoire.
Attendrez-vous, Guerriers, que vos sanglants travaux
Inondent l'univers d'un déluge de maux ?
Dans sa chûte le Ciel écrasera la terre ;
Ne l'écrasez-vous pas sous le poids de la Guerre ?
Faut-il anticiper les jours remplis d'horreur,
Où du monde le feu sera le destructeur ?

A des bras inhumains, laiſſons ce triſte ouvrage ;
Je ne veux de la Paix que vous tracer l'image.
Le front ceint d'olivier, ſes mains pleines de dons,
Vont nous donner des fruits & de riches moiſſons ;
Que de fleurs ! que de jeux ! La joie & l'abondance
Font un jour ſolemnel du jour de ſa naiſſance.
Voyez ce feu brillant ; à l'aurore pareil
Il ſemble dans la nuit ramener le Soleil.
Si de nos maux paſſés il reſte quelques traces,
Par la douce eſpérance, ô Paix tu les effaces !
Loin de nos régions ce déteſtable cri,
Il faut pour s'aggrandir détruire un ennemi :
Langage différent, auſſi doux qu'équitable,
A la nature humaine, ô qu'il eſt honorable,
Du Roi, de ſes rivaux, c'eſt la voix que j'entends :
Mettons fin, diſent-ils, aux malheurs de nos temps.
Qu'à l'ombre de la Paix notre peuple reſpire,
Il s'eſt ſacrifié pour le bien de l'Empire.
Prodiguons dans ſon ſein nos graces aujourd'hui :
Son bonheur vient de nous, le nôtre vient de lui.
Laborieux CHOISEUL, ton zele & ta prudence
Accélerent le jour qu'il s'accroit dans la France.
Le Ciel, pour l'affermir, reprend aux Potentats
Les traits dont ſon courroux avoit armé leurs bras.
L'heureuſe Paix en eſt une ſource féconde,
Et cette Paix, LOUIS, vous la donnez au monde ;
C'eſt par vous qu'elle regne, & ſon regne brillant
Vaut tout l'or qui nous vient du fond de l'Orient.

F I N.

Lû & approuvé, ce 8 Juin 1763. MARIN.

Vû l'Approbation, permis d'impr. ce 16 Juin 1763. DE SARTINE.

A Paris, chez DUCHESNE, Libraire, rue S. Jacques, au Temple du Goût.

* 9 7 8 2 3 2 9 0 9 9 0 0 2 *